AF249841

SUR

# LES VIDANGES D'AMSTERDAM

PAR

**Le D<sup>r</sup> E. CHAPPET**

Médecin honoraire des hôpitaux de Lyon.

Il y a quelques mois à peine, dans une très intéressante discussion sur la question des vidanges qui avait lieu à la Société nationale de médecine, M. Delore appelait l'attention sur le système des aspirations pneumatiques, système appliqué à Amsterdam grâce à l'initiative de M. Liernur. Me trouvant au commencement de juin dernier dans la capitale de la Hollande, j'ai pensé ne pas devoir négliger l'occasion qui se présentait à moi de me renseigner sur un point de cette grande question d'hygiène publique. Le temps me manquait pour étudier dans tous les détails l'emploi d'un système qui, sans être nouveau, n'est encore qu'imparfaitement connu, mais il me suffisait pour en étudier l'ensemble et les dispositions fondamentales. Je me suis donc mis en rapport d'abord avec M. de Winckel, directeur du bureau d'hygiène d'Amsterdam, ensuite avec M. Sanches, ingénieur de l'usine et je suis heureux de témoigner ici ma gratitude à ces deux savants pour toute l'obligeance et toute la courtoisie avec lesquelles ils se sont mis à ma disposition et m'ont fourni tous les renseignements et toutes les explications désirables. J'ajoute que l'un et l'autre parlent très correctement la langue française.

L'inventeur du système est connu sous le nom de capitaine Liernur, parce qu'il servit comme officier du génie dans l'armée fédérale pendant la guerre de la Sécession.

Revenu d'Amérique après y avoir perdu une de ses jambes, il redevint ingénieur civil dans sa patrie, et en 1865 commença à mettre en avant le système de l'aspiration pneumatique dans son application aux vidanges.

Le problème à résoudre consiste à évacuer à bref délai les matières excrémentitielles sans que les tuyaux qui les enlèvent influencent jamais le sol ni l'atmosphère. Il s'agit pour cela de les faire circuler dans une canalisation métallique absolument fermée, sauf les points de départ et d'arrivée. Le cheminement ne pouvait se faire dans de pareils conduits que sous l'influence de l'aspiration ou de la propulsion pneumatique. En appliquant le premier de ces moyens on exécutait en grand et sur un long parcours ce qui se faisait antérieurement et ce qui se fait encore sur des petits trajets, quand on fait communiquer par des tuyaux le contenu d'une fosse fixe avec des tonneaux dans lesquels on a opéré le vide. On appelait cela autrefois le système *barométrique*. Liernur a appelé son système *différenciateur*, parce que les diverses fonctions qu'un ensemble d'égouts perfectionnés est appelé à accomplir sont différenciées, c'est-à-dire traitées par des voies séparées.

En d'autres termes les eaux pluviales, ménagères et les rebuts d'industrie ont une canalisation particulière, le réseau *pneumatique* étant seulement destiné au transport des matières déversées dans les cabinets. Ainsi que le fait justement observer M. Arnould (dictionnaire de Dechambre, article *Égouts*), cette canalisation est la seule qui ait été construite à Amsterdam, et encore, comme nous le verrons plus loin, n'est-elle appliquée que dans une partie de cette capitale.

Les tuyaux d'aspiration ne sont donc point appelés à transporter autre chose que les matières solides et liquides, envoyées dans les cabinets et il importe au bon fonctionnement du système que ces matières ne soient pas mélangées à une trop grande quantité d'eau.

Aussi les ingénieurs hollandais se sont-ils appliqués à réduire à une proportion raisonnable la masse de ce liquide qui peut être déversées dans les cuvettes. M. de Winckel est l'inventeur d'un réservoir très ingénieux qui reçoit l'eau de bas en haut et qui par le fait de l'air qu'il contient ne peut jamais être rempli ; de plus le liquide n'y pénètre que lentement et cesse de pénétrer dès qu'on ne tient plus avec la main, le robinet de communication.

Voici maintenant en quoi consiste le système dont je ne veux tracer que les grandes lignes.

Dans chaque maison le tuyau de descente des cabinets aboutit à un premier petit réservoir situé dans le sous-sol, lequel est en communication avec un réceptacle beaucoup plus grand nommé *réservoir de rue*. Ces réservoirs, dont je ne pourrais fixer la contenance, ont une dimension assez considérable, puisque pour desservir une population de 56,000 habitants, il n'y en a que 31, soit un pour 1,806 personnes.

Chacun de ces récipients métalliques, parfaitement étanche, est d'autre part rattaché à l'usine par deux grandes conduites dont l'une porte le nom de *tuyau magistral d'air* et l'autre celui de *tuyau magistral de transport*. Le premier a pour destination de faire le vide dans les réservoirs de rue et d'y attirer ainsi toutes les matières provenant des cabinets.

Une fois ces matières emmagasinées, elles sont aspirées et conduites à l'usine par le *tuyau magistral de transport*.

Entre le réservoir de rue et le tuyau magistral d'aspiration M. Liernur avait jugé nécessaire de faire décrire plusieurs courbes aux tuyaux de communication. On a reconnu depuis quelque temps l'inutilité de cette complication et dans les canalisations nouvellement établies on met en rapport le réservoir et le tube aspirateur par un conduit affectant une direction rectiligne.

Une machine à vapeur de la force de 66 chevaux, qui marche jour et nuit, suffit à faire le vide et les aspirations sur une longueur considérable, car on ne compte pas moins de cinq kilomètres entre l'usine centrale, située en dehors de la ville, et le réservoir le plus éloigné.

L'aspiration se fait si bien qu'on trouve souvent des corps étrangers au milieu des matières recueillies et même des fœtus, sur la provenance desquels il est impossible de se renseigner.

J'ai parlé d'une population de 56,000 habitants. C'est-à-dire tout d'abord que le système Liernur n'est pas le seul en usage dans une ville qui, d'après les derniers recensements en compte plus de 400,000. Il est appliqué seulement dans des quartiers neufs et excentriques, situés à gauche de l'Amstel ; ces quartiers occupent des terrains récemment conquis sur les eaux et beaucoup moins entrecoupés de canaux que ceux de l'ancienne ville. Dans la partie située immédiatement à gauche de l'Amstel fonctionne la canalisation définitive.

Mais outre les 56,000 habitants de la ville neuve pour lesquels est adopté le *système définitif*, il en est encore 50,000 qui sont desservis par le système *dit temporaire*. Dans cette partie existent seulement des réservoirs de rues, qui ne sont pas encore mis en communication directe avec l'usine centrale. Quand les travaux seront complétés, 106,000 habitants seront desservis par le système aspirateur sans parler des augmentations que doit obtenir la population de ces beaux quartiers où la ville moderne d'Amsterdam peut se développer tout à son aise.

Voyons maintenant ce que deviennent les matières arrivées à l'usine. M. Liernur séparait l'eau des parties solides et avec ces dernières fabriquait de la poudrette. Les frais de cette exploitation étaient tels qu'ils dépassaient les produits. Au bout d'un certain temps la ville d'Amsterdam, à qui avaient été faites les plus belles promesses, refusa de contribuer plus longtemps à l'emploi de procédés industriels qui ne donnaient que de la perte. Ce fut alors qu'un capitaliste proposa de prendre l'usine à son compte, garantissant la municipalité contre toute chance de perte et lui assurant la moitié des bénéfices dans le cas où les espérances fondées sur un nouveau mode de transformation des produits viendraient à se réaliser. Cette proposition ayant été acceptée, M. Liernur céda la place à M. Sanches, qui organisa la fabrication du sulfate d'ammoniaque.

— 5 —

Les matières sont traitées par la chaux, dont la présence
donne lieu à un dégagement d'ammoniaque. Ce gaz est
immédiatement mis en contact avec de l'acide sulfurique, et
de la combinaison de ces deux substances résulte le sulfate
d'ammoniaque. Ce sel, qui se présente sous la forme de
petits cristaux blancs, peu odorants, est très recherché en
agriculture, où il entre dans la composition de nombreux
engrais chimiques. Quand il est mal préparé il contient une
certaine proportion de sulfo-cyanure d'ammonium, ce qui
lui fait perdre ses qualités fertilisantes. M. Chappelle, phar-
macien et chimiste très expérimenté, a bien voulu examiner,
à ce point de vue, l'échantillon que j'ai rapporté d'Amsterdam, il a constaté que celui-ci est dépouillé de toute trace de
cyanure. Le sulfate en question contient, d'après M. Sanches,
24 °/₀ d'ammoniaque ; la poudrette fabriquée antérieurement
n'en contenait que 4 à 5 °/₀ (1). Aussi ce produit est-il très-
recherché et se vend-il par milliers de kilogrammes non
seulement en Hollande, mais au dehors et jusque dans les
colonies Néerlandaises de l'Australasie.

D'autres résidus solides sont convertis en tourteaux, qu'on
utilise aussi comme engrais. Les liquides sont renvoyés du
côté de Zuidersée ; mais, ainsi que je l'ai expliqué et pour
les raisons exposées plus haut, ils ne sont pas très abondants.

L'usine fait des bénéfices qu'elle partage avec la ville.

Je ne sais si l'administration municipale d'Amsterdam a
l'intention de généraliser le système des aspirations pneumatiques ; l'application me paraît devoir en être difficile dans
la vieille ville à cause de la multiplicité des canaux, surtout
dans les points où ceux-ci ne sont pas bordés par un quai.

Quoi qu'il en soit, dans les trois quarts de la ville la vidange
se pratique par d'autres procédés. Il y a des fosses fixes et
des fosses mobiles. Il y a surtout ce que j'appellerai le *tout
au canal*. En face de chaque maison la maçonnerie qui forme

______

(1) Ce n'est pas seulement à Amsterdam que le sulfate d'ammoniaque
est retiré des matières fécales pour être livré à l'agriculture. Il s'en
fabrique à Lyon et dans d'autres villes.

le quai est percée d'une ouverture destinée à livrer passage à tous les détritus : eaux ménagères, eaux pluviales, matières solides et liquides des cabinets. C'est dire que les canaux laissent beaucoup à désirer à divers points de vue: Ils ne sont pas comme ceux de Venise parcourus deux fois par jour par une marée de 60 à 90 centimètres de hauteur. Le niveau du Zuydersée ne s'élève que de 40 centimètres en temps ordinaire et cette élevation est loin de se faire sentir dans tous les conduits d'Amsterdam, dans presque tous l'eau est stagnante. Ils contiennent, d'après le guide Bœdeeker, 1 m. 20 d'eau et autant de vase, le passage fréquent de gros bateaux chargés de marchandises remue cette vase et la rapproche de la surface.

Les canaux, généralement bordés de grands et beaux arbres, gagneraient beaucoup au point de vue pittoresque, si leurs eaux, immobiles et de couleur foncée, étaient au contraire limpides et courantes. Elles sont, au moins dans certains quartiers, désagréables à l'odorat pendant la saison chaude. Pour corriger les inconvénients deux moyens sont employés : 1° l'action des dragues qui enlèvent de grandes quantités de vases ; 2° les chasses d'eau faites en lâchant les écluses du grand canal qui avec une longueur de 75 kilomètres établit entre Amsterdam et la mer du Nord une communication directe et praticable aux navires de fort tonnage.

Les chasses ne seraient pas possibles si le niveau de la mer du Nord n'était pas, surtout à marée haute, supérieur à celui des canaux. On sait qu'une partie du sol de la Hollande se trouve dans cette condition et que chaque année de nouveaux espaces de terrain sont conquis sur la mer et livrés à la culture, car les travaux d'endiguement, de dessèchement et de drainage se poursuivent sans interruption, et d'ici à quelques années 176,000 hectares seront ajoutés au domaine cultivé.

Malgré le nombre considérable de ces réservoirs d'eau insuffisamment renouvelée, car la capitale de la Hollande est bâtie sur 90 îlots reliés par 300 ponts fixes ou mobiles, l'état sanitaire de cette ville très intéressante, qu'on a appelée *la Venise du Nord*, est loin d'être mauvais. Le coefficient de la mortalité est inférieur à celui d'autres cités établies dans des conditions techniques différentes ; malgré les relations incessantes de ce grand port de commerce avec tous les pays du monde et en particulier avec l'extrême Orient, le choléra y a fait des apparitions moins fréquentes et moins meurtrières qu'à Marseille. Cette immunité relative me paraît pouvoir être rattachée à deux causes :

1° La libre circulation des vents qui, n'étant gênés par aucune élévation de terrain, balaient constamment les couches inférieures de l'atmosphère ;

2° L'extrême propreté des Hollandais dans leurs demeures et sur leurs personnes.

Mais je reviens à l'objet principal de cette communication qui me paraît pouvoir être terminée par les conclusions suivantes :

1° Le système des aspirations pneumatiques ou système Liernur a réussi à Amsterdam ;

2° Les tâtonnements ont eu pour objet non pas le transport des matières, mais leur transformation ;

3° L'expérience de ce mode de vidanges a été faite assez en grand pour qu'on soit en droit d'en préconiser l'adoption dans d'autres grandes villes.

Il présente, en effet, le grand avantage d'utiliser des matériaux précieux pour l'agriculture, lesquels sont absolument perdus par l'adoption du tout à l'égout.

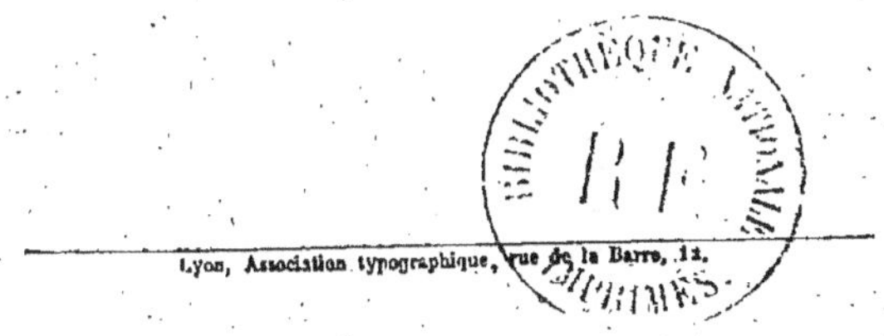

[illegible]

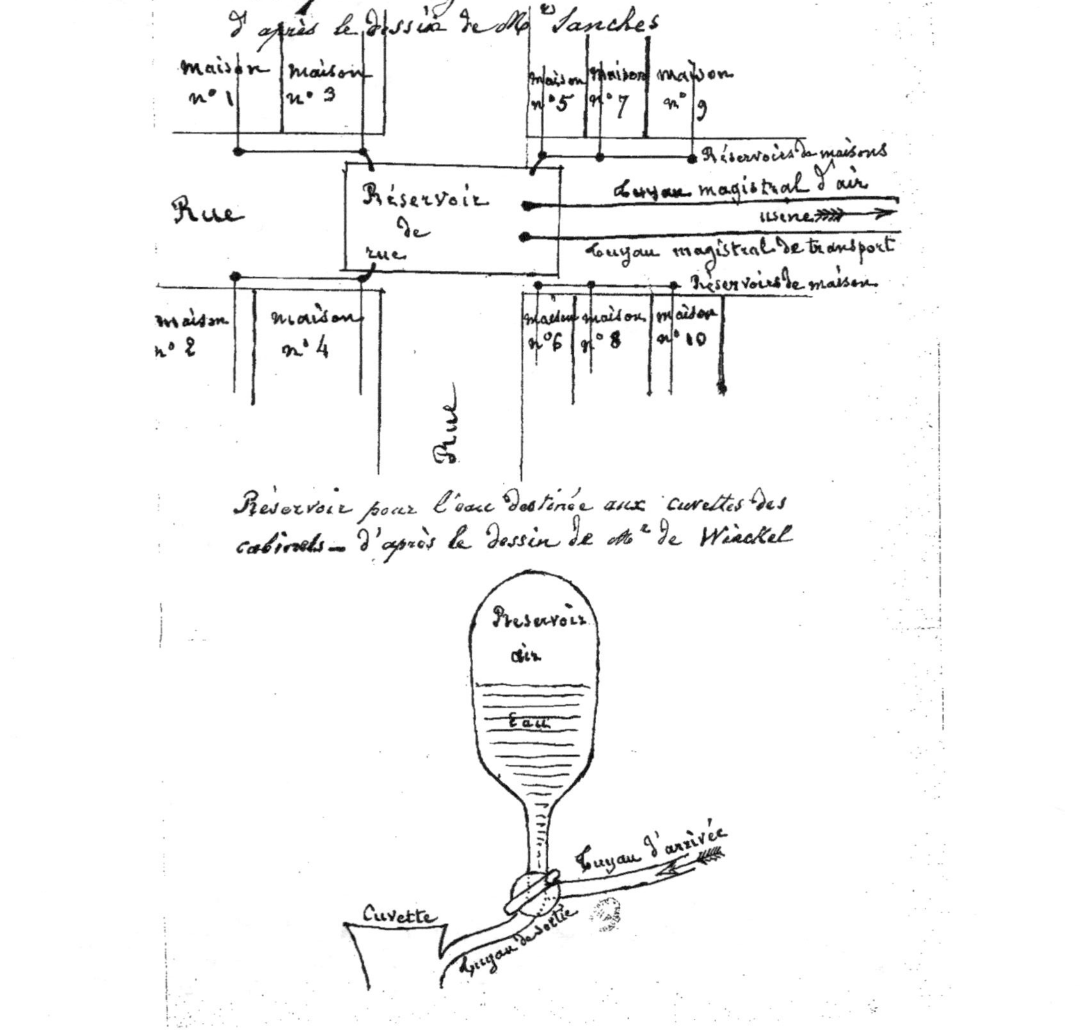

Coupe horizontale
D'après le dessin de Mr Sanches
Maison n° 1
Maison n° 3
Maison n° 5
Maison n° 7
Maison n° 9
Réservoirs de maisons
Tuyau magistral d'air
usine
Tuyau magistral de transport
Réservoirs de maison
Rue
Réservoir de rue
Maison n° 2
Maison n° 4
Maison n° 6
Maison n° 8
Maison n° 10
Rue
Réservoir pour l'eau destinée aux cuvettes des cabinets — d'après le dessin de Mr de Winckel
Réservoir air
Eau
Tuyau d'arrivée
Cuvette
Tuyau de sortie

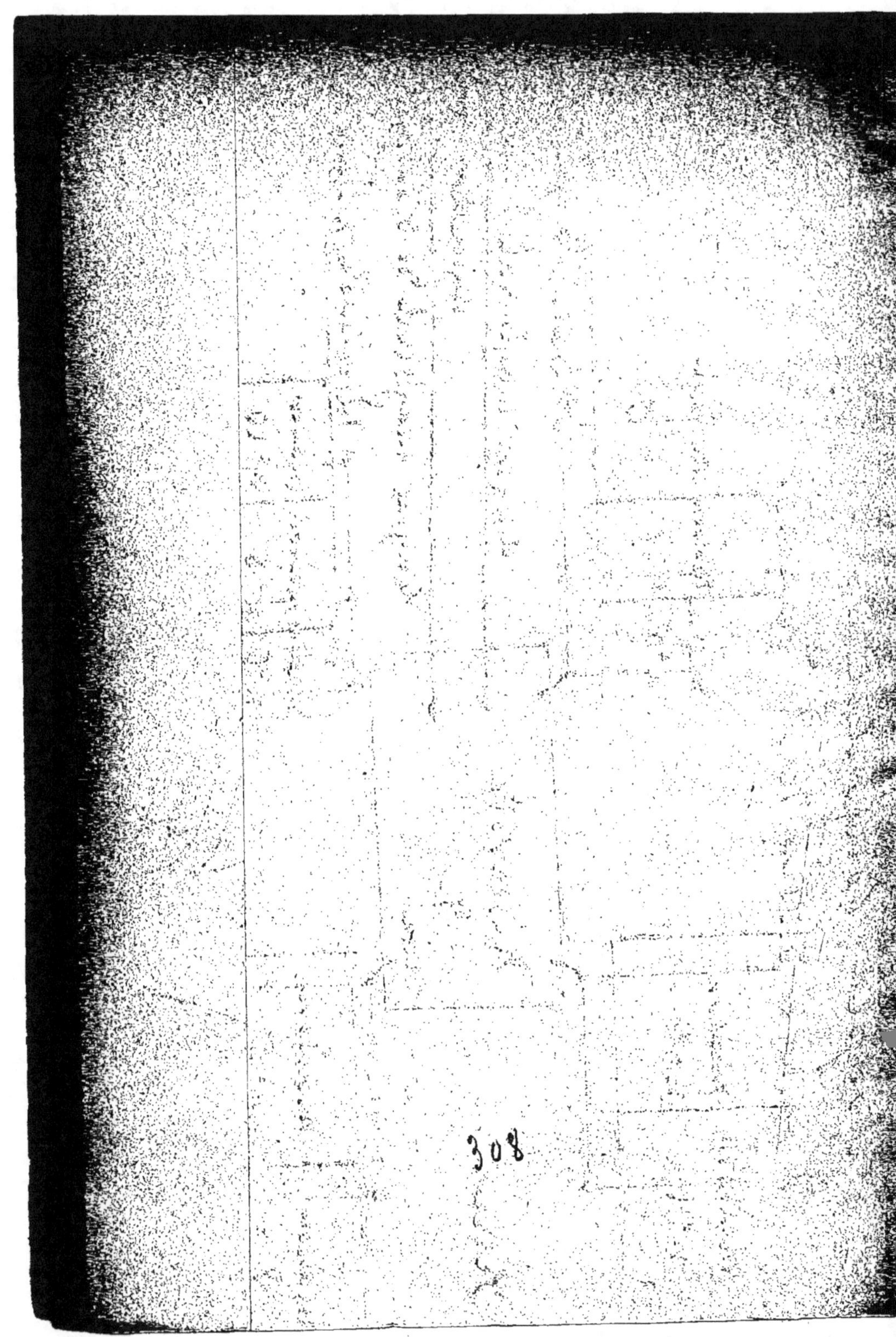

9 782013 716017